**COMBATS ET MÉTAMORPHOSES
D'UNE FEMME
ÉDOUARD LOUIS**

一个女性的
抗争和蜕变

[法] 爱德华·路易 著

赵一凡 译

上海译文出版社

I

一切始于一张照片。我以前不知道有这张照片，而且就在我手上——谁给的我，什么时候？

照片是她二十岁上自己拍的。我想她应该是倒拿着相机才把自己的脸摄入镜头。那个年代手机还不存在，自己给自己拍照没那么容易。

她侧歪着头,浅浅地微笑着,头发梳过,齐齐贴在额上,金色发丝垂荡在碧眼周围。

看起来她像是在施展诱惑。

我找不到词语来解释,但这张照片上的一切,她的姿势,她的眼神,她头发的动感,都透着自由,无限光明的前途,或许还有幸福。

我想我以前忘了她在我出生前曾经自由——幸福?

我还和她一起过的时候应该偶尔也想过,她一定也曾年轻,满怀梦想,但找到这张照片的时候我已经很久没这样想了,这是一种认知,一种过于抽象的认知。童年时代整整十五年与她贴身相处所了解的她的一切,或几乎一切,都不可能让我想起她也年轻过。

看到这张照片，我感觉语言从我身上消失。看到她自由自在，全身心地憧憬着未来，我的脑海中重又出现她和我爸共度的那些年，来自他的羞辱，贫困，被男性暴力与苦难生活残害并几乎毁灭的二十年人生，从二十五岁到四十五岁，在另一些人体验生活、自由、旅行、在实践中形成自我的年纪。

看到这张照片提醒我这二十年被毁掉的人生并非命该如此，它们的产生源自与她无关的外力作用——社会、男性气概、我爸——事情本可以是另一种样貌。

幸福的图景让我感受到幸福被毁之不公。

看着这张照片我哭了，因为我曾经，身不由己地，或者更确切地说，和她一道，或偶尔站在她的对立面，参与了这场毁灭。

我和弟弟吵架的那天——那是一个夏日。我在村公所门口的台阶上待了一下午，回来和弟弟大吵一架，当着你的面。在喊叫与辱骂之中，弟弟挑拣着最伤人的语调对我说，反正村里所有人都在背后笑话你。全都说你是基佬。

伤我的倒不是他说的话，或是我知道他说的没错，而是他在你面前说出这些。

我走回我的房间，我抓起放在衣橱上的那瓶彩沙，我回到弟弟跟前，我把瓶子砸在地上，砸在他眼皮底下。那瓶东西是他在学校做的。老师教他们班的孩子把沙子倒进染料，再把这些沙子灌进可乐瓶，弄得五颜六色；老师问我弟弟，他想为谁制作这个瓶子，他选了我，为了我，他辛辛苦苦，为了我，他花了整整一天来制作这个物件。

我把瓶子在他脚下砸得粉碎的时候，他发出一声尖叫，哭了起来，我们看不见他的脸，因为转了过去，埋在沙发的坐垫里。你走近我，你给了我一记耳光，你对我说你从来没见过如此残忍的孩子。我已经对我的所为感到后悔了，但当时实在没能忍住。我恨我弟弟，恨他在你面前揭露我的某些事情，关于我的生活，关于我的痛苦。

我不想让你知道我是谁。

人生最初的岁月，我一直活在被你识破的恐惧中。初中组织家长和老师见面，与其他成绩好的孩子相反，我想办法不让你知道。我藏起通知，把它们烧掉。期末时在村里的节日大厅开联欢会，表演短剧、歌曲、舞蹈，其他孩子叫来父母和所有家人。而我，我尽我所能让你缺席。我对你说那些唱歌跳舞没啥好听好看,我编造技术问题,我不告诉你联欢会的真正日期。我对你撒谎。后来我发现了那个画面,它经常反复出现在电影或电视连续剧中,一个上了台的孩子期盼在观众席上看到前来欣赏他演出的父母,为了给他们表演这个节目,他不懈地准备了一年,但我既感觉不到这种期待,也不会因为他们不来而失望。就好像我的整个童年其实是翻着面过的。

我不想让你知道在学校其他孩子拒绝和我交朋友,因为和一个被视作基佬的人做朋友影响不好。我不想让你知道每周好几次,两个男生在这同一所学校图书馆的走廊上等着我,扇我耳光,朝我脸上吐唾沫,惩罚我成为了我所是的人,真的吗,你是同性恋?

我不想让你知道我在九岁或十岁的时候就已尝过忧伤与绝望的滋味，因为这些感觉而提前衰老，每天早上脑子里带着以下问题醒来：我为什么是我所是的人？我为什么生来会是女孩的做派，那些被其他人——他们是对的——鉴定为我失常证据的做派？我为什么生来带着对其他男孩的欲望，而不像我爸和我兄弟那样渴求女孩？我为什么不是另外一个人？那次我们吵架，那是这些事情过去好多年之后了，我对你说我讨厌我的童年，你盯着我，仿佛我发了疯，你对我说：可你那时老在微笑啊！

那天我怎么会因为你的反应指责你呢？那分明是我取得胜利的某种迹象，说明我一直都确保你对我生活的实质一无所知，并最终阻止了你成为我母亲。

这个故事的开头部分其实也可以称作：一个儿子为了不成为儿子的抗争。

她想去度假的那年——她走进厨房对我们说她决定了。我们去度假。她记得小时候在山里的日子，医生把她送去中央高原休养，治疗她的重度哮喘。我和我爸在一起，我坐在他旁边看电视，她宣布：我们去山里。我爸笑了。他继续看着电视节目，评论道，你这又是想干吗。

她前一天见了一个社工。社工向她介绍说国家对像我们这样没钱去度假的家庭有补助，这让她有了期待。

她开始往社会局跑，去他们在一座小楼里的办公室，在金属厂边上，再过去就是农田。她夹着一摞摞的文件回来，全是刚刚复印好还带着复印机余温的证明材料，风风火火，一股子我之前从未见她焕发过的能量，不管是身上还是脸上。

她把材料放在桌上一份份打开给我爸看，但他盯着电视脸也不挪。他回答说他不感兴趣，她呆在那里，僵着。她转向我，但我也不睬她，我不知道为什么，或许因为我无意识地模仿我爸，或许因为她讲的办事经过让我感到无聊。

我爸继续对她嗤之以鼻，但她不肯罢休。我看到她往村里的杂货店跑，经常一天几次，去用店里收银台旁边的复印机。

她问我爸要行政材料，前一年是他全部整理收好的，但他回答说想不起来放哪儿了。他说的时候脸上有一丝狰狞的微笑。

她等。她等他去了咖啡馆好翻抽屉。她不只是把抽屉拉开，她把它们从橱架里卸下来，全都放在地上。她在地砖上坐下，把材料一沓沓拿出来，她打电话，留言，没人接听就再拨，她走了许多路，又填了许多表，直到那天，她对我们说妥了，她搞定了，她的话盖过了电视里的声音：我们夏天去度假。她微笑着。（你的脸一下变得如此明艳。）我爸说他不和我们一起去，他在自己家更舒服，但这个时候，随便他说什么都伤不到她了，她现在鄙视他，战胜他给了她底气。她拿的材料里印着我将和她一起去的那个小山城的照片，还有度假村的照片，出发前的几个月，她每天都要看看它们，早晨看，晚上睡觉前看，看几百遍。她告诉我们消息的那天，确定能去的那天，她低声对我说，因为不想让我爸听见，我终于可以幸福了。

人们对我说文学决不应试图解释，只能描绘现实，而我想通过写作解释并理解她的人生。

人们对我说文学决不应自我重复，而我只想书写同一个故事，一遍又一遍，反复写，直至它能够让人一窥其真相片段，一个洞接一个洞地挖，直至隐藏于后的东西开始渗出。

人们对我说文学决不应像感觉的堆砌，而我写作只为让身体无法表达的感觉喷涌而出。

人们对我说文学决不应像政治宣言，而我磨快我的每个句子就像磨快刀刃。

因为我现在知道，他们构建了他们所谓的文学，与她这样的人生和身体为敌。因为我如今知道，写她，写她的人生，就是在为抗击文学而写。

她出生在法国北部一个大城市的郊区。她母亲不工作,继父是厂子里的工人。她对自己没像我爸那样在乡下长大感到自豪:"因为这点我的表达能力比他强。"

我试着回忆:她父亲在她十岁上故去了。对于这场变故她谈论很多。她留有父亲的一封信，仅仅二十来行，是他在医院病床上自知命不久矣时写的。有时候，一年会有一两次，她打开这封仔细叠好收在一个泛黄信封里的信，坐在床沿重读。我透过门缝看着她，尝试理解她内心的波澜。

关于她的童年，我再没有其他可说的了，在她生长的工人家庭和丧父之外再没有了。

她母亲——我的外婆——是一个低调、害羞、不爱抛头露面的人——人们对女性的期待不外乎此。她语声轻柔，做饭做家务，家庭聚餐一结束就从席上消失去洗碗，而男人们则继续聊天，再斟上点葡萄酒。她出生在1930年代，六七岁时被迫离开她生活的北方，因为第二次世界大战那些轰炸。在这种情况下,她没能学习拼读,但稍晚凭着自己的努力补上了这一课。她生活朴素,养育了四个子女,我妈他们几个兄弟姐妹。丈夫死得早,但她过得并不苦。学校放假我去她那里小住时,她和我讲起我妈:"看到女儿这样痛苦我很心痛。我从没想到会看到你妈妈变成这样。"

我妈的故事始于一个梦想:她会成为厨师。这个梦想,无疑是环绕她的现实的延伸:从来都是女性下厨,给其他人上菜。十六岁,她到所在地大区的餐饮学校注册,但一年后被迫中断学业:她怀孕了,即将生下我大哥。他很快变得嗜酒、暴力,三天两头进出法庭和警局,不是因为打了老婆,就是因为在公交站或村体育场看台上放了火,我还会讲到他。当爹的那人是几个月前结识的水管工,是他要求留着孩子。他们为了体面结了婚，搬到了一起，他工作，而她，十八岁，就已经成了——按照她自己说法——"家庭主母"。或许她原本希望稍后重拾她的梦想与青春，但距第一次分娩仅仅两年，医生宣布她又怀孕了，她生下了第二个孩子，我大姐。二十岁，她没有文凭，倒有了两个孩子，一个共同生活仅仅几年但已经令她讨厌的丈夫。

他半夜回家，酩酊大醉。她不知道他晚上去了哪儿，他们吵架。二十多年后，当她和我讲起这事，她解释道，我比他更强壮，他奈何不了我。但这不是人过的日子。我累了。活在这种得时刻提防、时刻准备保护自己的状态里，我累了。

她讨厌他，可还是留在他身边，因为两个孩子，为了他们。她对我说不希望他们在缺少父亲的环境中长大，她不想"为此负责"。讲完这些，她总是加上一句：再说离开，我是想离开，但去哪儿呢？

然而和他又过了两三年之后，她彻底受不了了。她发现他和其他女人上床，对她撒谎。他喝得越来越多。某些日子——就像多年后他儿子，就像我大哥，仿佛人生在精确重复——他早上七八点起床去上班，一口没喝就已经醉醺醺的了，酒精成了他身体的一部分，于是她离开了。

她搬到姐姐那儿，一座工业小城边缘的廉租公寓楼，靠近一大群超市和巨大的园艺商店。

她那年二十三岁，两个孩子，没有可住的房子，没有工作，没有驾照，没有能帮她的熟人。剩下的唯一梦想，对她这样的人来说还有可能的唯一梦想，便是向后倒退，回到过去。这时离她完成那幅自拍照才过了几年。

为什么我感觉在写一个忧伤的故事,我不是打算讲一个解放的故事吗?

大概是 2000 年还是 2001 年——记得一天半夜听到声响;那天晚上她喝多了。这种事几乎从不会发生,在村里,每个人的角色都已经提前确定了:男人喝酒,女人尝试阻止丈夫喝酒。但某些夜晚她会忘却规矩。那天她想轻松一下,叫我爸在给自己买茴香酒的时候也给她带一瓶荔枝利口酒,酒名叫 Soho。没有饮酒习惯的她很快就醉了,酒精一上头,同一幕场景又开始上演:她走向摆放 DVD 播放机的木制大五斗橱,往播放机里插入一张唱片,她仅有的一张,蝎子乐队的歌曲汇辑。

其他时候从不听音乐的她开始吹口哨、唱歌。

她微笑着,这是我年轻时的歌。

我不明白为什么但我讨厌看到她幸福,我讨厌她脸上的微笑,突如其来的怀旧,她的平和。

这一幕以几乎完全雷同的方式在我童年出现过四五回。

一夜,将近次日一点,我在客厅边上的房间睡觉,她和我爸还有邻居在客厅里吃喝玩乐,放起了歌,把我吵醒了。我起床,眼睛依旧半闭着,口干舌燥,走进我妈和其他人所在的房间,我看见她平静的面容,我大吼:停下,关掉这音乐!但这一次她没有像另外几次那样无视我。她的眼睛里溢满愤怒的泪水,她关掉音乐,叫道:他妈的你们怎么就从来不肯让我在这狗屁的日子里哪怕幸福一回!!!!!我为什么就没有幸福的权利??

周围的大人全不吭声。就连我爸也不知如何是好。我只觉体内升起几道寒流,但我没有道歉。我回到自己房间,上床躺下。

我太习惯在家中看到一个郁郁寡欢的她,她脸上流露出的幸福在我看来就像个丑剧、骗局、谎言,必须尽快揭穿。

我太习惯在家中看到一个郁郁寡欢的她,她脸上流露出的幸福在我看来就像个丑剧、骗局、谎言,必须尽快揭穿。

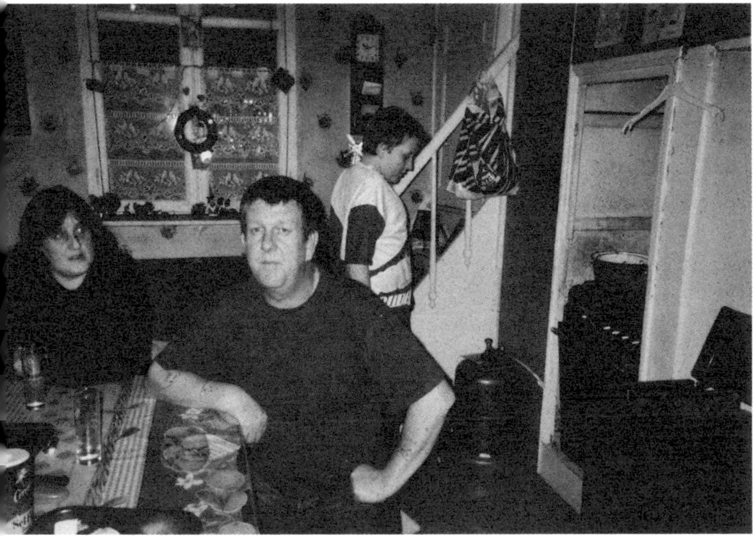

四壁脱胶的墙纸，油炸食品的味道，塑料地板上散落的儿童玩具：这就是在她姐姐的廉租房里的生活。她向我讲述，手里夹着烟："我当然爱你大哥大姐，我永远都爱他们，可我承认，当我离开第一个丈夫，住到我姐姐的公寓里，活在那种条件下，我心说：我干吗要生两个孩子？你猜也猜得到，我为自己这样想感到羞耻,可我偏偏停不下来,一直想:我干吗要生两个孩子?"

再过几个月她将邂逅我爸。找到另一个男人是她当时唯一的逃离方式。她坠入爱河,他们同居了,有了个孩子,我,和他在一起她感觉不错,因为他不一样,但很快他就成了另一个人——换言之,和其他人一样。

经常,他连续几天拒绝和她说话,无缘无故。如果有人探问几句他就会发脾气。

她耸耸肩,她的生活成了无尽的耸肩:"我不知道你爸他为什么这样古怪,和他在一起你永远不知道是冷是热。"

和他在一起仅仅几年后,她就已经只用过去时来描述他俩的关系了,一开始,他星期天带我去海边，我们逛商店，他和现在不一样。他邀请朋友来跳舞。他还喷香水，那个时候，你知道，和现在不一样，男人不喷香水，没这做法。可你爸就喷。没错，他喷。他不一样。他那时可真好闻啊。

他不同意她化妆，即便她想化妆想疯了，他指望她给全家人做饭、做家务，他不同意她考驾照，至少说服了她不去考，特别是他每天会消失几个小时，然后很晚或半夜才回来，一身酒气。"我不太用这个词，但对于你爸我想我可以这样说，他酗酒。"

一天，本地足球俱乐部在村里组织了聚会，我爸冲她吼，当着在场的几十号人："喂，大屁股牛，死过来。"我看到她周围的面孔全都笑得扭曲了。她叫我陪她回去。一到家，坐到沙发上，她就哭了。我那时八岁，第一次看到她哭。抽泣的间隙，她对我说，我不知道为什么你爸非得这样羞辱我。

她遭受羞辱，但她没有选择，或者说她认为她没有选择，两者之间的界线很难划定，而她和他就这样一起过了二十年。

她没有实现梦想。她没能修复在她看来构成她人生的一连串意外。她没找到时间旅行的办法。

难道我成了错觉的受害者？难道因为我和她，我俩已经远离了那种暴力，所以我把她的过去只当成一连串的悲剧与剥夺？我还知道她从未接受命运。讲起第一次因为怀孕而被迫中断的在餐饮学校的学习，她说她本可以做大学问，假如没有我大哥的话："所有老师都说我很聪明，尤其是地理课。"当我问起她的家族和祖上的情况，她总是自称出身于一个没落的法兰西大贵族家庭。

她确信自己应该有另一个人生，这个人生抽象地存在于某处，某个潜在的世界，离到手就差一点，她的人生成为现实中这样只是因为意外。

一天，当着聚在一起的全家人，我说要是可以我会希望贝尔特小姐——初中里的历史老师——成为我妈妈。我当时该有十一岁。大哥在我身边吃着东西，他惊跳起来：不兴说这种话，真恶劣！

我在这一幕之前不知道希望有另一个妈妈是为恶劣。

经常，在点烟的时候她会说：都因为你们我才抽烟，带这么闹心的小崽子我必须抽烟。

一天，她从学校操场外经过，我正和村里一个名叫辛迪的女孩在操场上玩。辛迪问我,那是你妈妈?我回答不是,我不知道这女人是谁。

总之她和我爸一起过着,这个她已经不怎么爱的男人。他白天在厂子里上班,晚上回家,她盛上餐食。

彼得·汉德克这样总结1920年代他母亲在奥地利的日常:"摆餐桌,清餐桌;'都吃饱了没?';开窗帘,闭窗帘;开灯,关灯;'浴室里别老开着灯';叠,铺;倒出来,塞进去;插上插头,拔下插头。'今天就这样了。'"

她生活在距奥地利千里之外的地方,她的人生在半个多世纪之后上演,她的物质条件不一样,可她的生活完全相仿,连说的话都一样。

不去学校的日子，早上，我看着她出门去杂货店买菜，回家，准备午餐，盛上午餐，清餐桌，洗餐具，打扫屋子，熨烫衣服，整理孩子们的床铺，下午准备好晚餐，等我爸，给我们盛上晚餐，餐后清理餐桌，洗晚上的餐具。

同样的重复，同样的动作，这典型的日子几乎每一天毫无例外地重复着，除了有时候要我或者我姐帮她洗餐具。

另一个问题：我能否理解她的人生，假如这一人生曾因其女性境遇打下了特别烙印的话？

假如我是由周围环境构建、认知、定义为一个男人的呢？

下班后的晚上，我爸和他称为哥们的人一起去咖啡馆。那些人经常带着自己的儿子，但我爸没带我去过，出于羞耻，对我和我女性化的举止，那些令我在学校里被孤立的举止。我和我妈我姐待在家里，我是在她们身边长大的。

什么是男人？雄风，权力，和其他男孩的哥们义气？我不曾有过这些。没有遭受性侵犯的风险？我不曾得到保护。

一如莫妮克·维蒂格[1]宣称女同性恋者不是女人，未被这一约束性身份涵盖，我所是的这个人也从未是男人，正是这一现实的错乱让我和她无比亲近。或许凭借这一点，在我自身存在的非场（non-lieu）中，我可以尝试理解她是谁、经历了什么。

---

[1] 莫妮克·维蒂格（Monique Wittig, 1935—2003），法国作家、社会活动家，法国新女性主义代表人物。

她被剥夺了自己人生中的一切事件,事件只能通过我爸降临于她。她没有了自己的故事;她的故事注定只能是他的故事。一天早上,厂里打来电话,告诉我们我爸在工作时被重物砸到了背。医生提醒我妈说我爸会瘫痪好几年。他没了工资,得到的赔偿只有政府发的几笔救济金。她和他直接从贫穷变为了赤贫。为了挣点钱,她不得不为村里的老人洗澡,这活让她疲惫、厌恶。

特别是因为这种状况,我爸成天在家待着,让她窒息:"至少以前他白天去上班,我能有自己的时间。"

我爸不舒服,疼痛经久不衰,而就像大部分不舒服的人一样,他要让其他人陪他一起不舒服。他对我妈更粗暴了,当着别人的面用不堪的绰号叫她,"肥婆""大屁股""大屁股牛"。

为了捍卫自己,她被逼得不讲理了:"他总可以再找份工作吧,挪挪屁股。我敢肯定,他叫疼的时候没少添油加醋。"

她对我讲述家族或邻居的故事,但我不听。我抱怨:别老这样唠唠叨叨的!我没发觉她说话是为了排遣无聊,她和我爸的生活加诸她的是每日每刻的无聊,不折不扣的无聊,于她而言,正如多年后我也做了同样的事,讲述自己的人生是她找到的用于忍受自身存在之重的最好的解药。

她确信自己应该有另一个人生,这个人生抽象地存在于某处,某个潜在的世界,离到手就差一点,她的人生成为现实中这样只是因为意外。

不幸步步紧逼：赤贫，和我爸关系紧张，在这样的背景下，她怀孕了。谁也不明白发生了什么：为了防止再次怀孕，她几个月前才刚刚上过节育器。医院里的医生告诉她，她怀的不止一胎，而是两胎，双胞胎。晴天霹雳。从医院回来，她说要去堕胎，她和我爸没有能力再养两个娃。他发火了，奇怪得很，他以前一直厌恶宗教，把宗教和权力挂钩，就像把学校和国家挂钩，他对她说你真是疯了！怎么能杀我们的孩子！堕胎那是谋杀。

她试着捍卫她的观点，但无济于事。一直是他做主，她退让。几个月后她进了医院分娩。结果由于一些并发症，她这次住院时间比以往几次更长。我那时不明白这两个孩子的降生给她造成的经济悲剧，因为这两个孩子把她和我爸拴得更牢了，分手的想法几乎不可能冒头了。我还小，想的唯一一件事，唯一真正感觉到的，是我很开心，因为医院在城市边缘，旁边有一家麦当劳，我可以天天在那里吃，因为我爸在添丁的狂喜中同意给我钱，而且他一星期就花掉了本够我们过到月底的全部救济金。

剥夺让她拼命想要参与的那次——那年有一个巡回马戏团在村里待了几天;我想去看,让我吃惊的是,她要陪我一起去。晚上演出时,一个小丑说他需要一名观众志愿者帮他变个戏法。场子里所有小孩都举了手,我也举了手。能举多高我就举多高,我还怕举得不够高,于是站了起来,手指使劲往上撑,我说,我,先生,我,我祈求,求你了,求你了,选我吧,结果他选了我。场子里上百个小孩,他选了我:那边金发的小朋友,你叫什么?

爱迪!

爱迪什么?

爱迪·贝勒盖乐!

哈哈,这梗不错。

他就是这样回答的,他以为我在开玩笑。[1]

反正我要叫你苍蝇腿。

我笑了,我跑向场地中央,他变了个戏法——我甚至不记得变了什么。戏法变完,他让我回到观众席,他问有人陪我来吗,我妈举起手。他对着话筒大吼,那好女士,我把苍蝇腿还给您。

我们回家了,路上她笑着,重演那一幕,说,真是乐死人了!

那晚过后好几个月,她一直反复重提这事。在那几分钟里,她成为某件事的一部分,参与了现实,走出了和我爸的生活加诸她的唯一角色,亏得她的这份愉悦,我第一次成为她的儿子。

---

[1] "贝勒盖乐"法语写作 Bellegueule,直译为"漂亮脸蛋"的意思,故而对方误以为这是一个玩笑。

山里度假的时候也是,社会局资助了我们整个假期,愉悦改变了她。她微笑,她试图和我建立一种之前从未存在的亲密关系:我们赛跑吧,看谁先跑到那棵树那里!输的人晚上请客吃冰淇淋!

她评论:你看,不和你爸在一起我就放松多了,和气多了,是他让我变得那么凶。

我还是继续说下去吧:又多了两个孩子。在这种人家,多一个孩子就是给自己的人生添麻烦;多两个,那就是灾难。家里成了七口人,我们五个孩子,加上我父母。

在这样的局面下,就连吃饭都成了问题。每周一次,我妈在厨房喊:"我们去蓬雷米,穿好你的鞋!"我知道这句话什么意思。有个组织在那里分发口粮包。我妈要我陪他们去,因为她知道孩子在场能唤起分发食物的女人的怜悯，看到我她们或许会多给一袋意面或一盒蛋糕。

赤贫总与某种行为指南一起降临，不需颁布，任谁都能领会到：没人对我说什么，但我知道不能对村里其他人提及我们千里迢迢去找食品援助。我也不和我爸妈讨论，我们去那儿，领上食物，然后回家，整个过程从来不谈这事，仿佛这一切从未发生。

面对家里的新情况，我爸的攻击性达到了极致。她和他事实上来自不同的贫穷阶层：她家里所有人都是工厂工人，她的继父，哥哥，姐姐。我爸家里要穷得多：酗酒，精神疾患，入狱，失业。既然存在这些差异，我爸认为随着两个新生儿的到来，我妈家里应该给我们送些钱。但他们没送，我爸就火了，有时候不让我妈去见家人。她不会开车，他便拒绝载她到他们居住的村子。

他，当他喝多的时候："你们家是一窝子肮脏的犹太人，就欠一大口毒气。"

我妈："我觉得这真是太恶心了，不带拦着人见家里人的。他为什么不让我去见我妈？"

她不光成了一个没钱没前途的五个孩子的母亲，而且还成了家庭空间（espace domestique）的囚犯。每一道门都锁住了。

她能怎么做？她做了她能做的，为了不被完全窒息：

某些日子她看着我的弟弟和妹妹，露出微笑：

他们可真漂亮，我的小家伙们，那时候决定留下他们我是真心痛，家里太穷了，可现如今我不后悔。他们可真漂亮。

她嘲笑其他女人的身材：她啊，她就像大教堂，胸全在里边[1]。

她喜欢固定熟语，喜欢它们言简意赅：要钱没有，破事一堆！人穷不碍身洁！睡狼须谨防！咬人狗会再咬。

然而即便这些时候我还是能看到，在你脸上，忧伤从未消失。

---

[1] "胸"的法语 sein 与"圣像"saint 谐音。

II

有件事你是否经常想起?一日,**你以为友情能帮你脱离这种生活**——那是 2006 年,你和我爸去参加村里的主保瞻礼节活动,你们和安杰莉克说了话。不是因为你们认识安杰莉克或者不认识她,是其他原因。她是我们这一带电网的主管。她在办公室工作,以前读过两三年大学,而这些细节足以彻底切断她和我们这样一个家庭的关系；她不和我们这种人交往，她的朋友大多是教师、厂里的小领导、村公所职员，所有我们每天能在街上看到、致意但从不说话的人，属于另一个种姓——因为所有人都知道，与通常想象的相反，乡下地方在物理距离上看似更接近，但阶级的边界更为固化。

是我爸和她搭的话——他看到她独自一人在离你们这群人几米的地方，并且注意到她不但是一个人，而且还在哭。你们通常不会在主保瞻礼节的活动上待到很晚，但这一年你们待的时间比以往更长，村广场上已经没什么人了。我爸走向安杰莉克，问她怎么了，邀请她上我们家喝几杯，换换心情——我觉得他其实喜欢安杰莉克，暗恋了她许多年，自己却不承认，但不管怎样，他一直乐于助人，确实，你对此有所抱怨，你总是对我说你搞不懂我爸为什么对自己家里人那么凶，对其他人、陌生人，却那么客气，甚至宽厚，随时愿意帮忙、提供帮助，用他的话说"帮一把"，我想这是因为居家生活让他窒息，他要让家人为身为他的家人、身为他不幸的面孔付出代价，话题扯远了。安杰莉克一言不发地点了点头，我看到她脸颊上的眼泪，就像两道亮线，几近平行。我爸伸手搭在她肩上，她跟着我们回了家。在沙发上坐定，她对你们讲了发生的事，我记得她那些话，她爱的男人最近是如何又是为何与她分手，她是如何害怕，鉴于她的年纪，一个人，又没孩子，孤独终老。她抽抽噎噎哭着说了这些，不时长吸一口气。

我爸拥抱了她，你说了几句，我是说同她，安杰莉克。你对她说了几句应景的话，说一切都会好的，她很快会忘掉那人，永远不能相信男人。我坐在沙发上看着你们，我不知如何描述我当时感觉到的状态，兴奋中夹杂着不安，因为家里来了个我们阶层以外的人，就像有几次医生晚上来家里，只是因为他的在场，我们的身体就有了变化，我们改变姿势，改变说话方式，生怕哪个举动暴露了自己低下的社会地位。

安杰莉克第二天又来了家里，第三天也是。她和你们亲近起来，马上，你意识到她能把你带向另一种生活，来自另一个世界的其他习惯，更自由更恬美的生活形态。你立刻变得更幸福了——我没说错吧？她越是来，你就越是像她那样生活，她替你预约美发师，实则多年来你用厨房里的剪刀自己剪头发，她教你说新的用语，让你更加自信，现在你会在别人说话时说"没错"了，记得吗？她给我们品尝从未吃过的食物，鳕鱼子酱，鹰嘴豆泥，那些在吃的时候或是买的时候让我们自觉不同、倍有身价的食物。

你的整个身体都变了。忧伤离你而去。

你是否意识到了此间发生的社会奇迹？这种突然出现的、从你自身出离的可能性？我想是的。有了安杰莉克，你自觉在我爸面前更强大了，你有了盟友，晾衣服的时候我替你捧着一大盆夹子，你悄悄对我说，依我看，安杰莉克有时候准保受不了你爸，嘴里身上都没个样。

我没法罗列所有因为她、通过她而发生的事，你们俩结伴去超市买内衣，你们去海边——如你所说，"像闺密一样"。（开始讲述你的故事的时候，我想讲述一名女性的故事，但我现在意识到，你的故事是一个个体为争取其成为女性的权利而斗争的故事,你在与你的生活以及和我爸的共同生活加诸你的非存在 [non-existence] 斗争。)

在这两到三年的友情中,安杰莉克的抑郁从未完全消失;她还会哭泣,经常哭,动不动就爱上谁。那次,我爸那个参军去了法国南部某个兵营工作、十五年没见面的发小回到村里,每天晚上来我家吃饭,她一个劲地追求他。她去买衣服和化妆品,上我们周六下午去购物的大型超市的室内购物街做指甲。和这个男人的恋爱失败后,她又爱上了我大哥。他打她,她下午来的时候眼睛下面带着伤痕,可就是对他死缠烂打。

而你继续和她白天、周末一道外出,和她一起笑，和她学样。

但有一天一切都结束了。安杰莉克遇见一个男人，爱上了他，他提出和她生个孩子。你们在主保瞻礼节活动上相遇以来不曾从她身上消散的忧伤终结了，渐渐地她疏远了我们。她不怎么来家里了，短信变得稀疏，不再找你一起外出。起初，你不明白。你说好奇怪啊，但可能是因为她工作忙，没什么好担心的。最后你被迫认识到她不再来我们家了，你打电话她也不接。有一回，那是在她沉默之后不久，你从面包店回来时在街上遇见了她，可她没和你打招呼。你长叹一声，目视地面，面容僵硬，她连招呼都不打了。我不懂为什么，我们不是朋友吗？

你还是给她打了电话,最后一次,你尽力了,她终于接听起电话,她对你说别再打搅她,别再烦我,莫妮克。

她终结了你们的交往。我对你说过吗?我去过她家里找她。因为我也想她。

她给我开门的时候,我感觉眼泪涌上眼睛,我问她为什么消失了。她解释说她再也受不了我们一家子,餐桌上的吃相,我爸同你说话的腔调,一天到晚强迫症似的开着的电视,她再也受不了了。当初抑郁改变了她对世界的感知,她感觉在我们家待得很舒服,但现在她恋爱了,而且,这是她的原话,幸福了,曾经她视而不见的一切就变得无法忍受了。

事实上,就好像失恋导致的抑郁,这一心理因素变通了某些通常的社会学规律,即一个阶层的人只和同一阶层的人往来，阶级之间几乎不可能有交流。

现在这已成了往事。你在提到她的时候，耸耸肩说：反正我们就是配不上她。

你感觉被抛弃了，

你被抛弃了，

你孑然一身。

III

并不很久之前,你给我打电话。你问我近况可好,简短地聊了聊我弟弟和天气之类的琐事后,你对我说需要挣些钱,给你自己,用于日常花销和外出——我不知道你说的外出指什么。你停顿了几秒,吸了口气继续说:"所以我需要一份工作。我想着我可以帮你打扫卫生。当然,我会挑你不在的时候去,不会打搅你的。我打扫屋子,你把钱留在桌上,干完我就走。"

意外之余,我努力做出回答。我能说什么呢?我还是试了一把,我回答说这不好办。我补充说要用钱的话我可以给你点,但你坚持,不要不要,我不要施舍。我要的是工作。你再考虑考虑。

小时候和你住村里,看到那些特权者,村长、小庄园主、药店、杂货店店主,大部分时候我讨厌他们,因为在我眼里他们代表着所有我无法拥有的特权。

我讨厌他们的身体,他们的自由,他们的金钱,他们自如的举动。

那天你说想当我的清洁女工,这是否意味着我成了那种身体?

难道我成了我一直讨厌的身体?

我们的关系史始于我们分别的那一日。就好似你和我,我们倒转了时间,就好似先分别再有关系,我俩分别为关系打下了基础。

一切都在我高中第一年骤然改变。我是我们家唯一开始求学的人。在那儿,高中,我突然遭遇了一个我不了解的世界。我遇到的成为我朋友的那些人,他们阅读,上剧院,有时甚至去听歌剧。他们外出旅行。他们说话、穿衣、思考的方式与我和你在一起经历过的截然不同。我进入了你一直称作布尔乔亚之人的世界,并立刻希望变得和他们一样。

回村里的时候,头几回,我想要向你展示我的新归属——即我的生活和你的生活之间正在产生的距离。我主要通过用词表现这种分化。我在高中学了新词,它们成了我新生活的象征,一些无足轻重的词,牧歌式,枯燥的,艰涩的,深邃的。一些我以前从未听闻的词。我在你面前使用它们,你恼了,收起你那套部长的词汇!你说那家伙上了高中就以为高我们一等了。

(你说得对。我说这些词语因为我认为自己高你们一等。我很抱歉。)

突然间,和你的所有交流莫不成为了冲突。当你指给我看某件事物,对我说瞜瞜,就像我从小一直说的那样,就像我们一直说的那样,而不是看,我纠正你:要说看,别说瞄瞄。当你一句话用"假如那么我"开头,我就止住你:假如我怎么怎么,那么怎么怎么,假如和那么没有连着出来的!

我对你说一些新奇古怪的话,直接搬运自我如今往来的圈子:马上就到饮茶时间了,你知道我把报纸放哪儿了吗?我向你提供建议:你为什么不给我弟弟妹妹放点古典音乐听,听听莫扎特或者贝多芬?对脑子非常好。你挑挑眉毛,这小子完全疯了。我养了五个娃,还轮不到他来教我怎么带孩子。

(经常性的,你彻底不存在了,从我的记忆中消失了。我在高中过着我的日子,仿佛从未认识你。)

大部分讲述自己从一个阶级进入另一阶级轨迹的,皆在讲述他们感受到的暴力——因为不适应,因为不了解踏入的这一世界的规则。我尤其记得我所施加的暴力。我想把我的新生活用为报复，报复我的童年，报复所有那些我爸和你、你们让我意识到我不是你们想要的儿子的时刻。

我通过报复成为阶级变节者（transfuge de classe）[1]，这一暴力叠加于你已经历的所有暴力之上。

那次高中通知她去签署一些行政文件——我之前说了，初中时我一直避免她的陪同，生怕她开始了解我，害怕和她接近，哪怕只是一丁点。到了高

---

[1] 社会学术语，指经历了社会阶层变迁的人。

中我也不想让她来学校，但不再是出于同样的理由，是因为我生出的一种新的感觉，是这种感觉促使我想方设法疏远她：我不希望同学看到她，并通过她看到我身上的另一个人，我的过去，贫困。我不希望他们知道我妈和他们的妈妈不一样，没有读过书，没去过什么地方，没有和他们的妈妈一样华贵的衣服，不像他们的妈妈那般笑容可掬、纤瘦高挑。我成功掩盖了她的存在，但有一天校方对我说我没有选择，必须叫她来。我到厨房里找她，她正在玩填字游戏，我对她说她得和我一起坐火车去学校。她先是一如既往地对我说她去不了，家里的活忙不完，然后在我的坚决要求下，她改了主意。

几天后我和她坐上蓝灰条纹座席的小火车，去高中所在的亚眠。说来很蠢，但我惧怕被认识的人看见，那些我新圈子里的人。

离校方等着她去签字的地方还有两三百米,我对她说,话说你说话时能不能别抠鼻子,用语尽量标准点,否则是丢我的脸,人家的妈妈说话都很标准。

她在人行道上停下,盯着我:你真是个小恶棍。我在她脸上看到了恶心。

那一整天她就在我身边默不作声地走着。

回程火车上她在离我一米的地方,但我感觉和她的身体相距数百公里。她隔窗看着一一闪过的田野和森林。默然中她问道还行吗,我没太丢你的脸?

当我还是个孩子,我们一起自惭形秽——因为我们的住所,我们的贫穷。现在我因你而羞,以你为耻。

我们的羞耻分岔了。

*

生活继续,而对于她,生活仍旧像是一场同生活的对抗。我的弟弟妹妹十四岁了,已经开始脱离教育体系,他们不再去上课,所有科目成绩一落千丈。她知道,没有文凭他们的人生会像她一样,对此她深感绝望,"我叫他们上学去,他们不听,推都推不动。昨天我问他们:'你们就打算一辈子像我这样数着铜板过日子?'可我这样一说他们就不耐烦。我能做什么?"

弟弟沉湎于一种彻头彻尾的当代生活方式,她并不了解，既无法用言语来描述，也没有对策。他每天早上十点醒来，打开游戏机。他会玩上一整天，直至半夜。他每天只下楼一次，到厨房拿吃的。他不和其他家人一起进餐，端着盘子回自己屋里吃。他变胖了，他没有朋友，他的脸隐没在灰白的面色里。

我大哥深陷在他和酒精的麻烦里。他殴打和他一起生活的女朋友，就像他之前对待安杰莉克那样，她半夜给我妈打电话警告说再有下次就去告他。

我妈告诉我这事的时候竭尽全力否认现实："我昨天去找了你大哥，我想没事了，他向我保证他以后不再喝了。"然后他又犯了，又开始喝，变得暴力，而她也一样，又开始说谎，就像进入了一个恶性循环："我知道这次他做过头了，但这是最后一次，现在没事了，他懂了，接受教训了，他不喝了。我见了他，我和他谈了下，他向我发誓再也不碰一滴酒精。"

她顽强地否认现实，但我看得出，她把儿子们的命运看作粉碎了她自己人生的那些机制的可怕重复，仿佛某个诅咒无法打破的恶性循环。

她有时笑着说：莫妮卡·贝鲁奇[1]，就是莫妮克·贝勒盖乐翻成意大利语。莫妮克·贝勒盖乐，莫妮卡·贝鲁奇。我就是法国的莫妮卡·贝鲁奇。她说话时把头发向后甩去，像一个电影女演员。

---

[1] Belluci 衍生自意大利语 bello（漂亮）。

关于她想象的贵族家世,她这样说明:"我曾祖父是个贵族,但有一天他爱上个卖鱼女郎,结果被家里剥夺了继承权。他选择了爱情而不是金钱。照理说我本来会是个大贵族,我身上流着贵族的蓝血。真倒霉。"

我向她宣布我是同性恋的时候,她担忧地对我说,我希望至少在床上你没当女人!
这件事现在让我觉得好笑。

出事的那一天——我当时十六岁,学年里我尽可能不回我爸和你的家,我在亚眠的朋友家睡,但暑假我会回来待上四周,有时更长,在村里的娱乐中心当少儿辅导员。

这天早上十点左右,我正和几个小姑娘一起设计舞蹈动作,突然感觉一道剧痛钻过下腹。一个小姑娘走过来揽住我,可她的手碰到我也让我疼,我受不了任何接触;我坐到地上,疼得直喘气。疼痛是骤然出现的,之前没有一丝征兆。在场的娱乐中心主任在我身边跪下,对我说回家去吧,叫个医生——还是她来帮我叫但我谢绝了,我记不清了。

我走了一段三四百米的路回到家;肚子越来越疼;进了门,坐到沙发上,我发现我的头发湿了,背上也是,我在冒汗。

你在看电视,和我在一间屋子。家里只有你一个人,我对你说我不舒服。我叫你给急诊医生打电话或者叫救护车,可你不肯。你抽了一口烟,对我说没事。

我看出是怎么回事：你觉得我夸大了疼痛，因为我的举动就像城里人，那些我去亚眠读高中后想要效仿的人，特权者。在我们的世界里，医疗、与医生的关系一直被视为布尔乔亚们对自己呵护备至、极度讲究，妄自尊大的一种做派。实际上，我觉得你认为这一出是我们母子关系疏远以来所有事件的延续，是我在宣示阶级距离、攻击你的一种方式。（我又怎能指责你呢？因为没错，我是向你发起了一场战争。）

但是疼痛没有停止；最后我从沙发上起来，对你说我去看医生了。我走到门边，我打开门，你任我出门，一言不发，指间仍旧夹着香烟。到了医生那儿，他给我听诊，对我说我的阑尾就快胀爆了。

我在医院待了两周，是阑尾发炎，炎症扩散至我的全身。护士告诉我：再拖几个小时您就死了。

社会距离把我们整个关系都污染了，在你眼里我完全成了阶级攻击的工具，这种状态差点害死了我。

然而距离在继续扩大，可以说无法避免。高中毕业，我注册进了大学，在同一座城市，亚眠，我们的互不理解达到了前所未有的程度。

有几次，我们散得比决裂更暴力：她和我并不比其他时候吵得更厉害，没人吼叫，没人摔门，只是相互间再也无话可说。我和她打电话那几次，听着她说的，我得出结论，她的生活永远就那样了，提前定死了：村杂货店往返跑，准备三餐，重蹈她人生覆辙的孩子,无聊的乡村,我爸待她的恶言恶行。她才四十多岁,但人生再不会有改变。而恰在我形成这个想法的时候,一切都变了。

IV

一夜，我差点死掉那次后一年，又是一个电话打给我。她的声音回荡在我周围的黑暗中："成了。我做到了。"我正在沙发上看书，看到来电显示她的号码有点意外。她语速很快，声音气喘吁吁，有种少年人的兴奋。她是我妈，可突然她比我更年轻。

我立刻意识到她在说什么，我问，同样兴奋：

"说说看！经过如何？"她调匀呼吸："他和平常一样不回家，你知道这人。那好。他什么时候出的门我都不知道，我做了吃的，等他回来。可这时候我心说：结束了。我不等他了。我再也不等他了。我受够了等待。"

（我为你骄傲。我对你说了吗？）

她继续说，"于是我把他的东西全塞进垃圾袋里扔在人行道上。就这样。我都停不下来。他回来想要开门，可我全给锁上了。他砸墙，拍窗户，大喊大叫。我了解他，依我看他很清楚这是怎么回事。我隔着门对他说永远别来了。他问我，'永远？'我又重复一遍，'永远。'他哭起来，但我对自己说：'别让步。别让步。再也别让步。'"

她诉说着,就像在向我讲述我们俩经年累月、耐心而秘密地策划的一场越狱或盗窃。

不再和她一起生活之后,我发觉她的生活里尽是暴力。在我的新世界里,女性受到的待遇与我妈当时、以前,或者村里其他女性所受到的待遇全然不同。我在亚眠从未见过有男人当众羞辱自己的女人,从未见过青肿的面庞,就像我大姐和住在她家的男人吵架后的脸,或者像安杰莉克和我大哥吵架后的脸。高中或大学里,我不认识任何人会说出我能说的这些话:我大姐总是挨打,和她一起过活的男人常常打她,我大哥总是殴打和他一起过活的女人。

(当然,对于亚眠的女性而言也存在暴力,但不一样,而且即便如此,也没有这样经常化。)

就好像随着与亚眠布尔乔亚人群的接触,借由两个世界之间的差距,我事后逆推,开始看清童年的世界。因为远离了暴力,我学会了看到暴力,我看到它无处不在。

我认为她应该加紧动作。离开村子后,我和她有过几次通话,我鼓励我妈离开我爸。我对她说她不该让一个令她不幸、羞辱她的男人毁了她的人生。她回答我说:"我会离开的,我想离开,但眼下我没法离开,关系到你弟弟妹妹,太难了"。(我没意识到这是真的,我看不到你要面对的这些困难。)我坚持,我反复对她说她不该等,她的自由才是急务,以后再来解决我弟弟妹妹的问题,她回答我:"好的,快了，瞧着吧，快了。"

总之，这一夜她终于行动了，她向我讲述经过，说到最后，她的声音得意而自负："你瞧，我对你说我能做到。和第一个丈夫我就做到了，我可以再做第二次。我知道我可以再做第二次。"

远离把我们拉近了。

奇了，我们两人都以历史失败者的姿态开始我们的人生，她作为女性，我作为异端、畸变之子。但就像在一个数学等式里，完全对称地倒转之后，我们从社会失败者成了胜利者，而胜利者成了失败者。决裂后，我爸的身体更差了。他独自索居，比和她在一起时更加窘困。前半生对我们全权在握,他如今被褫夺了一切,不幸再也没有从他的面庞上消失。曾经的强项全都成了他的弱项:喝了一辈子的酒精毁了他的身体,一直以来的讳疾忌医——他说女人才吃药——伤了他的脏器,工厂和道路清扫工的生涯——他说男人就得养家——压垮了他的背。

我妈她现在每个月给我打好几次电话。她对我说:"要是你能看到我这会子有多自在!你准保都认不出我了。"

她收到彩色信函的那次——当时我十二岁。信封里装着一封信,直接写给她的,上面写着她的名字:亲爱的莫妮克,您被选中参加特别大抽奖。回复这封邮件,您将有机会赢取难以置信的十万欧元奖金。我们两人你看我我看你，睁大了眼睛。她嘟起嘴唇，对我说，这挺像真的吧？骗子的话不会写我的名字。他们不可能知道。我对她说我同意她的话，我相信她的推理，我鼓动她回信。她在我身边填表的工夫，我能感觉到我们俩肾上腺素上升。她精心填好一个个格子，姓、名、地址，我看着她认真书写 L 顶上和 J 下部的绕笔，试着写出尽可能漂亮、工整的字体。填写两个格子的间隙，她抬头看向我，悄声说，想想看，我们会赢十万欧元！她让我保证不和我爸说一个字。她知道他一旦得知会发火，我向她发誓说我当然什么也不会告诉他，我很高兴能够在她的鼓动下向我爸隐瞒一些事，感觉仿佛迈入了成年人的世界。

几天后我收取刚送到的邮件，在一沓信件里又看到一个彩色信封。我奔向她，一边叫着，哦我的天哦我的天哦我的天哦我的天。她打开信封，手指都在发抖。信里说，莫妮克，您现在距离这十万欧元比任何时候都近！寄一张五欧元的支票，抽奖箱里就会放入两张写有您名字的阄，让您有双倍机会赢得大奖。她用齿尖咬着下嘴唇，值得一试对不？能赢十万欧元，亏个五欧元也没啥不值。我把头点得像个疯子，对啊，对啊，寄吧。她寄出支票，几天后，我们又收到一封信，又向我们要支票，这次或许可以赢一台大屏幕电视机，在大抽奖开始前赢一台高清平板大屏幕电视机。我们寄了支票，接着是另一张，接着又是一张。每次有新的来信，我便感觉心跳加速，但收到第四或第五封讨要支票的来信后，她回过味来，我也和她一起回过味来，这一切都只是一场骗局。她叹了口气，行吧，我想咱们算是掉坑里了。要不就是我们没读明白信的内容，是他们要我们用五欧元的支票来付十万。我继续做了几天美梦,幻想有了这十万欧元我们的生活会是怎样,然后就断了念头。

一个假设:我的想法是,如果近些年我们的关系没有变得如此亲密,从远离到靠拢,那我就不会想起这段往事。正是因为我们的关系变了,我现在才能带着善意看待我们的过去,或更确切地说,从过去的混乱中挖掘出温情的片段。

我们的靠拢不但改变了她的将来,而且还让我们的过去焕发新貌。

她去找工作。她必须弥补和我爸决裂带来的金钱损失，便又开始给村里的老人洗澡。她强调："我不是清洁女工，注意，我是家庭护工，和护士差不多。"

看重细微的差异，生怕处于社会等级的最底层，决意不做社会评价最低的职业，那些一听到名称就会立刻想到不幸与贫穷的工作：清洁女工、收银员、垃圾清洁工、道路清扫工。

某些日子，对细微差异的恐惧变成了愤怒："那些护士有张文凭就把自己当成天知道什么，神气活现，可说到底，我和她们干一样的活，甚至还比她们多得多。"

甚至她还抱怨找不到足够的活。和我爸一起过的时候,她讨厌这份工作,因为它是当时那种逆来顺受的生活的一部分,现在,它突然成了解放她的工具之一。一切词语、所有现实都变了意涵。

她当时离开我爸已经几个月了,带着我的弟弟和妹妹住在农田边上社会局给她安排的社会福利房里。她告诉我,兴奋得很:楼上有好几间!你弟弟和你妹妹有了自己的房间。

她自夸道:你看我多有本事,马上就搞到了一套福利房。你爸他哪做得了这个!

怎么说才能不显得天真无知,或者像是袭蹈了某种傻了吧唧的固定熟语呢:看到你幸福我很激动。

一如所有的蜕变，她随后的变化系于一场邂逅。邂逅发生在一天晚上，村里一个邀请她去参加生日聚会的女性友人家里。在场的有这位友人的哥哥，我妈从未见过他；他住巴黎，在那当门房。

他整晚都试图引诱我妈，我妈并未尝试抗拒，相反，她想要有一段情，还鼓励他继续，但把话说在前头：我是再也不会让男人牵着鼻子走的！

他们约会了。他喜欢我妈爱笑爱玩的性格，根本没想到这部分人格才刚刚绽放，前二十年里一直被压抑着。

他想要我妈和他一起搬去巴黎，但她拒绝了。她想确保自己真正了解他，"我已经上过两个男人的当了，不会再有第三回！我太爱我的自由了。我得到了，我再也不会放手"。

他们变亲近了，她意识到他不会像我爸或者她第一个丈夫那样："和他在一起是我做主。一切我说了算。"

她的人生里，爱情曾经一直是个要么指挥别人要么被别人指挥的空间，而不是一个悬置了权力关系的空间。

她听到电视里一个评论员讲述她"女性的骄傲"，便开始用这个说法来解释她的种种选择和决定。以她的方式，她成了政治主体。

我鼓励她丢弃母亲的角色。弟弟十八岁了，一直跟着她过，不上学，不工作，每天依旧在游戏机上花十个小时以上的时间。

我妈叹气，"我没法带着他一块去巴黎，可我也不想丢下他一个人。我不是那种抛弃子女的母亲。"

我对她说她只应为自己着想,即便那是她儿子,那也是个男的,她不能再让男人搅和她的人生了。我刚想明白,儿子面对母亲,即便他是儿子,也仍旧是一个男人面对一个女人。

她犹犹豫豫,"行吧,那他怎么办呢?我不能丢下我儿子一个人。"她被自由的召唤吸引但自觉还是有责任。我坚持,"弟弟自己应付。你现在已经赢得了自私的权利。"

一年后,她去了巴黎生活,[1] 我也在巴黎,继续着开始于亚眠的学业。当我第一次到她刚搬入的那

---

[1] 她做对了,不只对她自己,对我弟弟也是。一人蜕变引发其他蜕变。她走后,我弟弟找到了住所,交了新朋友,有了其他爱好。一天他对我说我完全变了个人,我以前成了一具僵尸。(原注)

条街去看她的时候,我简直被眼前的这个人,被她现在成为的那个人惊呆了。她与曾是我母亲的那名女性全然不似。她的脸化了妆,头发染成彩色。她戴着首饰。远离了村子,远离了长久以来她生活的一切,短短几周时间,足以令她的外表焕然一新。她在我眼中看出了惊奇,对我说——一如既往,如自身的理论家:"你瞧,我不再是同一个人了!我现在是地道的巴黎女郎。"我笑了,"对,真是这样。真是这样,你是巴黎女王。"

她拥我入怀,亲了亲我的脸。

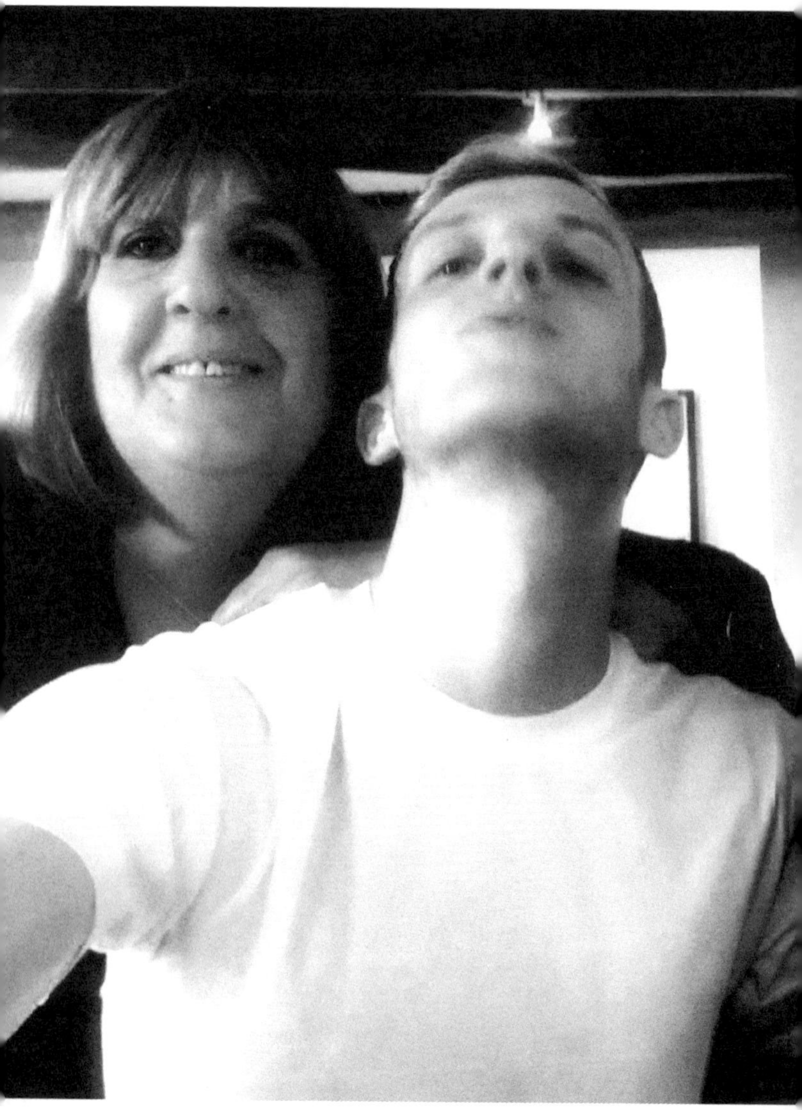

直到你与卡特琳娜·德纳芙相遇。我成了作家，有一次受邀去电影拍摄现场观摩，她当时也在场。拍了一阵后，我身后一名男士宣布休息一会儿，他问我是否想和卡特琳娜·德纳芙聊几句。我说好，跟他去了；等来到她面前，我怯场了，不敢和她交谈，我想找一句话说，某些既不太严肃也不太浅薄的事，我想到了你，你一方面仰慕她，一方面也本不可能拥有更天差地别的生活。我对她说你住的离她很近；我觉得这是件轻松的闲事，这样我就不用说些关于政治和时事的套话或陈词滥调了。

卡特琳娜·德纳芙挑了挑眉；我看出她有些意外，我对她说了你的蜕变，说你来了巴黎住在你的门房男友那里。她露出微笑，两口烟的间隙，她对我说改天去看你。

几天后，你给我打电话，"猜猜刚才我和谁一起抽烟来着！！！！！卡特琳娜·德纳芙！！！！！"。

我没想到她真做了。我以为她说她会去看你是出于客套，为了找些话说，避免首次交谈的尴尬。

你在电话里告诉我，卡特琳娜·德纳芙来到你住所外，邀请你抽烟、聊天，"我在聊天时偷眼看了看我们周围，因为我希望看到我俩说话的人越多越好。我想让所有人知道卡特琳娜·德纳芙和我说话了。"

我从未听到你的声音这样激动，就好像这次与青年时代的偶像互动代表并浓缩了你为自己的蜕变而付出的全部努力。你皱起眉头，这样表述："我逆来顺受了一辈子，可现在我到了巴黎，我还认识卡特琳娜·德纳芙。"

正是在巴黎她开始使用新的语句，那是她崭新人生的写照，我今天去了卢森堡公园闲步，我在我家附近的露天座小饮了一杯咖啡。

我不知道她是否感觉到在她身上单是讲出这些语句的可能性便构成了一场变革，这些语句，我初到巴黎时曾把它们与知识分子、布尔乔亚世界，与特权者、与西蒙娜·德·波伏瓦的《回忆录》联系在一起，总之与曾经的她截然对立。

当我对她提起我们村，她叹口气，"啊，乡下那风气！现在我到了城里，这辈子是再也没法在乡下待了，这是肯定的。"

突然，幸福给了她一段青春。以前在一起的时候，我只见过她有三四回，喝醉了，几乎是一不小心提起了人生某一时刻，现在她开始向我连篇讲述，十八岁结婚前，少年时代，她怎么和女友们去夜总会，她怎么在舞池里认识了她最要好的朋友之一，他"和你一样"，就是说同性恋。

我不明白为什么以前，我小时候，她没有把这事告诉我,那时我因为我所是的人,我想去死,我觉得自己有病,不正常。

我听着她向我讲述这些新故事,回想曾是我妈的这个女性,在村里的那些年,

回想她骑自行车过马路,身影没入雾霭,她的身体被砖墙包围,被北方的阴霾包围,

回想她身着那件对她来说过大的红色外套,因为那是我爸穿过的衣服,因为她无力购买另一件,袖子盖住了她的手,帽兜遮住她的眼神

回想她知道每天聚在村公所广场上的女人因为那件过大的外套嘲笑她,她说她不在乎

回想这些女人和她们的恶意曾是她唯一的未来

回想每天下午,她干完家务看着电视睡着,整

座房子寂静无声，家化产品和潮湿的气息浮荡在寂静之中

　　回想她消失在家庭生活中

　　我是这座房子的奴隶

　　回想她盛怒之下用拳头揍我，而我看出揍的每一下都令她畅快（整个童年有过一两次）

　　回想她因为抽烟而咳嗽

　　回想她叫喊

　　回想她走路

　　回想她做梦

　　回想她抱怨我爸送给她的生日礼物只有家用电器，吸尘器，炸锅

　　我又不光是个女用人

　　回想我当时想：我不认识她

　　回想她把我击垮

回想她对我说，介乎恶心与厌烦之间，你就不能稍微正常几回？

回想她命令我去找我大姨要一包意面因为家里没吃的了

回想她耸耸肩，说，我们过的这是什么狗屎日子

回想她还是会笑

回想她说起安杰莉克两眼含泪

回想她说她真想是个蕾丝边，过过没男人的日子

回想她饱受痛苦

回想她因为我大哥的事接到法院传票

回想她又一次重复，我们过的这是什么狗屎日子

回想她饱受痛苦

她在我眼中看出了惊奇,对我说:"你瞧,我不再是同一个人了!我现在是地道的巴黎女郎。"我笑了,"对,真是这样。真是这样,你是巴黎女王。"

解放继续。她过上新生活（existence）已有六个月。我与她见面的下午，每月或每两月一次，她总是穿着崭新的衣服出现，笑嘻嘻的。那不是什么质量多好或者特别奢华的衣服，但无所谓，她觉着幸福，成为这样一名女性，能给自己买衣服，能够做，用她自己的话说，所有其他女的做的事：化妆，关心自己,做头发。

对于某些人来说,女性身份显然是个令人感觉压抑的身份;但对于她,成为女性是一场征服。

这一新生活的某晚,我想让她高兴,带她去了一家豪华酒店,甚至可以说超豪华酒店的酒吧。我和她一起进去,我们在一个巨大的壁炉旁落座。一名女士接过我们的外套,一名袖子上搭着白毛巾的男士为我们点单。我看出她不自在,生怕犯错。她点了和我一样的鸡尾酒,看着我的动作、姿态。她模仿我,无疑认为我了解这个世界,了解其行为规范。我说任何话,她都用"没错没错,当然当然"接茬,她扮演着一个角色。然而,下面才是我想说的,撇开其他不谈,我尤其看出她对于能够享受这一时刻、进入这所豪华殿堂,以及窃取她本不可能有的生活感到无比快乐。她眯缝着眼说:"话说回来我们俩混得还不错。"喝完酒,我陪她回到家门口,她对我说:"过两天再去一次?我想找乐子!"

另一次,我过生日,邀请她去蒙巴纳斯大厦顶楼晚餐。晚餐的前一天,我对几个朋友说我担心她会被那地方怵到,没法好好享受——前一年和我爸就发生过这样的事,我邀请他去一家烤肉馆子,因为我知道他爱这口,但当他翻开菜单,他拒绝点我给他推荐的最好的肉,他被标价给吓住了。他要了一份汉堡肉饼,店里最便宜的菜,反复念叨着不想让我太破费。我担心我妈有同样反应,而当侍者给我们递上菜单,她点了肥鹅肝,鳌虾,向我提议喝香槟,咱喝上一小杯?她不想失去享受另一种生活的机会。

罗兰·巴特:"他的梦想(可告人?)是将布尔乔亚生活之道的某些可爱之处[……]搬入一个社会主义社会。阻碍这一梦想的是整体性的幽灵,主张将属于布尔乔亚的现象全盘埋葬,像惩处一场带回污点的购物一样惩处能指的一切脱轨。难道就不能像享受某种异国情调那样享受(变形的)布尔乔亚文化吗?"

在超豪华酒店或蒙巴纳斯大厦楼顶的那几个晚上,我与她共享的正是这种异国情调。

改变意味着什么?

以我如今对她的了解,有数十个场景和事实与简单的幸福蜕变的故事抵牾。她从未去过法国以外的国家旅游，她继续在巴黎市郊的穷人超市购买食物，她不挣钱，部分依赖和她一起过的这个男人，她没法和街坊交友，那些住在她那条街上、居高临下看着她的布尔乔亚女人。她承认：有些日子我感到无聊，我在这里没有朋友。这里的人和我们不一样。

如此受制于阶级暴力，一场改变还能算是改变吗？

然而。然而她还是感到幸福。她反复这样对我说。我再也不知该怎么想或如何想。或许问题不在于弄清改变意味着什么，而是幸福意味着什么。我找不到答案，但我知道她如今的生活（existence），她成为的样子，逼使我面对这个问题。

她改了姓,和我一样。她不想再姓贝勒盖乐,这个我生下来就使用且和她共享的姓,一个沉重的平民姓氏。她根据她母亲的娘家姓和继父的姓给自己编了个姓氏。她对我展示她的新身份证,对我说,"这姓挺高级不是?"

她在超市买了些爱情小说。她不想再看电视,我小时候她可是天天都要看。"电视真是傻到家了。"

她第一次用将来时讲述她的生活:"再过十年,等他(她的男朋友)不工作了,我们就买一辆房车,到法国各个地方去住,去旅游。我一直梦想四海为家。"

最后一段回忆。几个月前,我邀她到一间茶室和我会合，在茶室的花园里，她告诉我，我六岁时，她曾经被我的老师叫去。老师想对她说——总之照她的说法——她发现我的行为和其他孩子不一样，说的那些梦想和愿望过于宏大，这种野心对我这个岁数的孩子来说不正常。她说其他孩子想当消防急救员或警察，而我念叨着要当国王或共和国总统，说我起誓长大后要带妈妈远离爸爸，还要给妈妈买一座庄园。

我很希望关于她的这篇记述在某种意义上构成她能够托身的家宅。

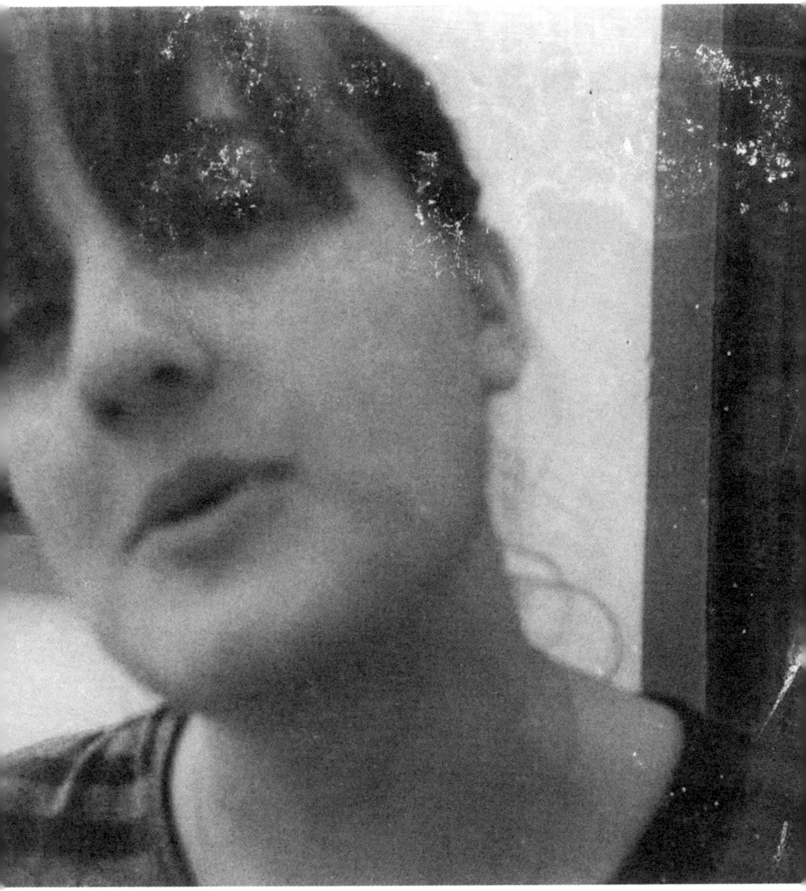

文中引用段落依次来自：

彼得·汉德克，《无关紧要的苦难》

罗兰·巴特，《罗兰·巴特写罗兰·巴特》

Combats et métamorphoses d'une femme
Copyright © Édouard Louis, 2021
2024 SHANGHAI TRANSLATION PUBLISHING HOUSE (STPH)
All rights reserved.

图字:09-2021-905号

图书在版编目(CIP)数据

一个女性的抗争和蜕变/(法)爱德华·路易著;
赵一凡译. — 上海:上海译文出版社,2024.6
ISBN 978-7-5327-9558-1
Ⅰ.①一… Ⅱ.①爱… ②赵… Ⅲ.①随笔-作品集
-法国-现代 Ⅳ.①I565.65
中国国家版本馆CIP数据核字(2024)第086645号

一个女性的抗争和蜕变

[法]爱德华·路易 著 赵一凡 译

责任编辑/黄雅琴 装帧设计/山川制本 workshop 封面插图/Andrei Nuțu

上海译文出版社有限公司出版、发行
网址:www.yiwen.com.cn
201101 上海市闵行区号景路159弄B座
上海盛通时代印刷有限公司印刷

开本 787×1092 1/32 印张 3.5 插页 5 字数 22,000
2024年6月第1版 2024年6月第1次印刷
印数:0,001—8,000册

ISBN 978-7-5327-9558-1/I·5987
定价:42.00元

本书中文简体字专有出版权归本社独家所有,非经本社同意不得转载、摘编或复制
如有质量问题,请与承印厂质量科联系。T:021-37910000